島 01
☑ 圖
Isle Pic

小白兔的
澎湖漁村
歷險記

圖 POBY YANG

文 呂伊庭

白沙鄉

西嶼鄉

湖西鄉

馬公市

望安鄉

七美鄉

澎湖

澎湖是位在台灣西邊的小島，是台灣重要的漁業大縣。澎湖縣總人口約 10.5萬，其中有 2.4 萬人口從事漁業，占全縣人口近四分之一，每年漁獲總產值超過 22 億。

漁業不只是工作，更是生活，澎湖的漁業造就澎湖獨特的漁村生活文化。澎湖有在海上乘風破浪的討海人，有在海邊徒手捕撈漁獲的海女阿嬤，有在漁市場叱吒風雲叫賣的漁村女性，有祈禱海象安定、漁獲滿盈的王爺宗教信仰，有獨特的海口腔台語。

這些漁村文化就像是一個引人入勝的說書人，講述著長達百年的澎湖漁業發展故事，關於台灣漁獲如何從海上販售至世界各處家庭餐桌上，關於澎湖漁村獨特的宗教信仰，關於漁業產業的性別分工，關於澎湖這個小小漁村鄉里各處大小軼事，以及無數個別具面貌的澎湖漁村家庭故事。

為了避免近年海洋環境被過度開發破壞、漁業資源逐漸減少、地方耆老凋零、漁村文化消失，許多年輕人回到澎湖，希望為家鄉這片美麗的海洋留下更多故事，而這片海所給予我們的，卻往往遠多過於我們能為它做的，它給了我們故鄉的溫暖，給了我們心靈的靜謐，以及永遠慈愛的包容與接納。

台灣是一個四面環海的島嶼，讓我們認識海洋，更讓海洋進入我們的生活，一起聽聽海洋要跟我們說的故事。

媽ㄇㄚˊ媽ㄇㄚ˙說ㄕㄨㄛ今ㄐㄧㄣ天ㄊㄧㄢ要ㄧㄠˋ去ㄑㄩˋ市ㄕˋ場ㄔㄤˇ買ㄇㄞˇ菜ㄘㄞˋ。

市場裡有五顏六色的魚： 有紅色的，
有白色的， 有粉紅色的，
有黑色的， 有綠色的。

買完菜後，小白兔在公園玩耍，爬爬網子、爬爬欄杆。

晚餐的桌上，有紅色、 粉紅色、
白色、 黑色的魚， 小白兔和爸爸
媽媽一起吃了海鮮大餐。

晚餐後，小白兔心滿意足地睡了。

有ㄧㄡˇ一ㄧ天ㄊㄧㄢ， 媽ㄇㄚ媽ㄇㄚ帶ㄉㄞˋ著ㄓㄜ小ㄒㄧㄠˇ白ㄅㄞˊ兔ㄊㄨˋ坐ㄗㄨㄛˋ飛ㄈㄟ機ㄐㄧ去ㄑㄩˋ澎ㄆㄥˊ湖ㄏㄨˊ。

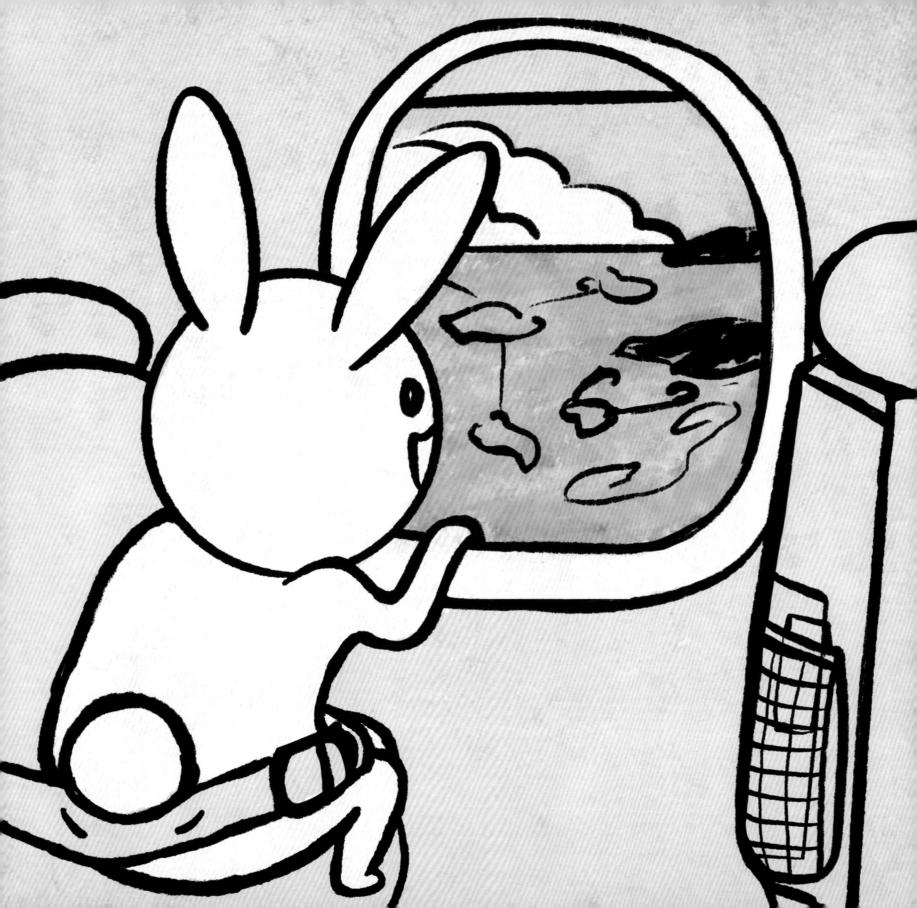

小白兔從飛機上的窗戶往外看，一片好藍好藍，小白兔第一次看到藍色的大海。

下飛機後，小白兔拉著行李箱，走了好久好久。

鄰居的小孩都跑出來看小白兔，他們想和小白兔做朋友。

他們帶著小白兔去漁港邊，一艘艘漁船正在進港。好熱鬧！

漁工和小白兔，把一個又一個的箱子搬下船，把一圈又一圈的漁網搬下船。

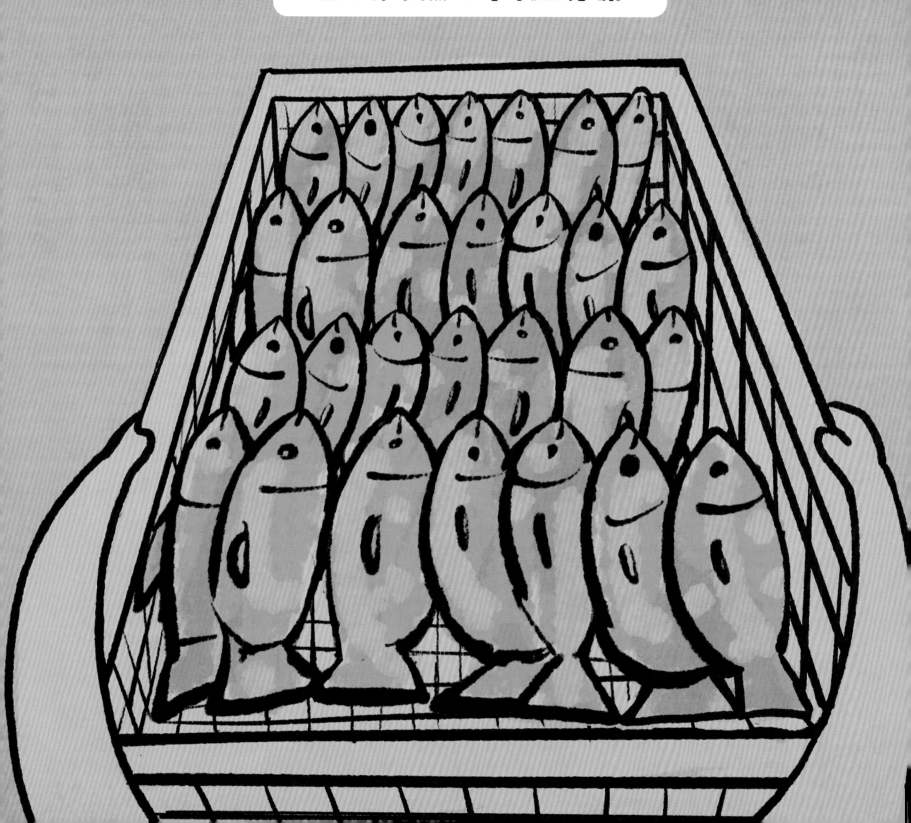

「哇！好多魚！」小白兔說。

老船長回答：「以前的魚更多。」

小白兔一直搬，搬搬搬搬，突然他發現，原來黃色的太陽出來了。

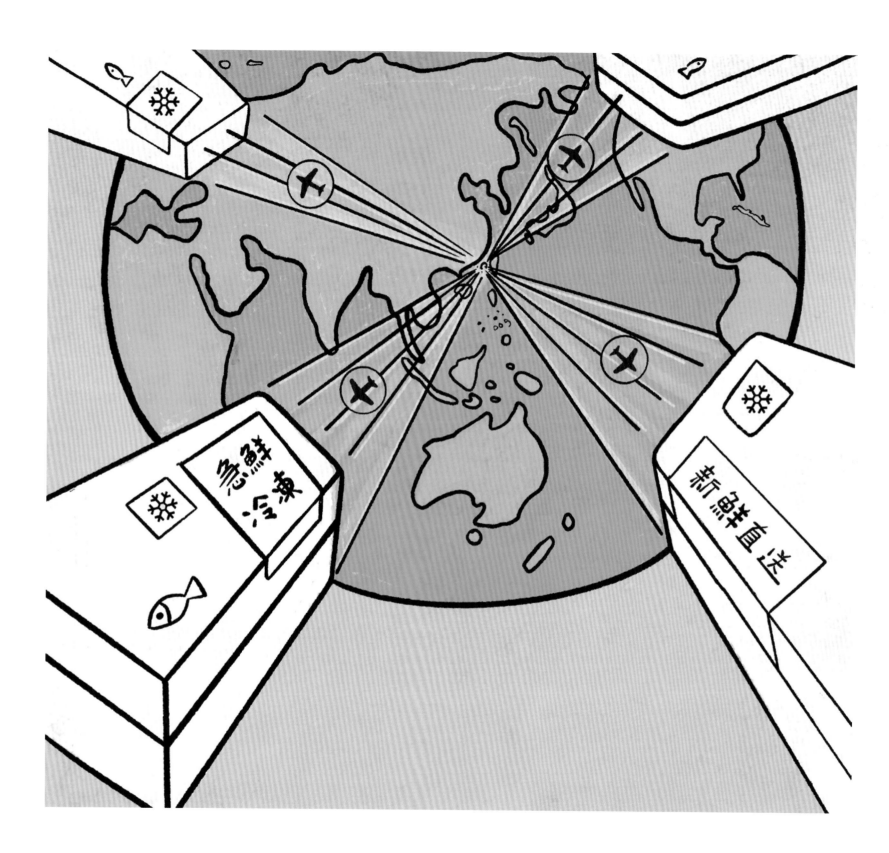

這一箱箱五顏六彩的海鮮，要坐飛機到世界各地，到小白兔媽媽買菜的市場。

接著，他們又帶小白兔去漁港旁邊補漁網。小白兔覺得漁網跟公園的遊樂器材一樣，是白色的格子。

好累好累，終於到了晚餐時間，桌上都是豐盛的海鮮，小白兔想跟大家的爸爸媽媽一起吃晚餐。

他ㄊㄚ們ㄇㄣ帶ㄉㄞ著ㄓㄜ小ㄒㄧㄠ白ㄅㄞ兔ㄊㄨ跑ㄆㄠ到ㄉㄠ漁ㄩ港ㄍㄤ邊ㄅㄧㄢ。

漁村的爸爸們都在漁船上，準備出海捕魚囉！
漁船帶著小白兔和他們補好的漁網出海了。

隔ㄍㄜˊ天ㄊㄢ，小ㄒㄧㄠˇ白ㄅㄞˊ兔ㄊㄨˋ已ㄧˇ經ㄐㄧㄥ早ㄗㄠˇ早ㄗㄠˇ起ㄑㄧˇ床ㄔㄨㄤˊ，準ㄓㄨㄣˇ備ㄅㄟˋ好ㄏㄠˇ要ㄧㄠˋ去ㄑㄩˋ漁ㄩˊ港ㄍㄤˇ邊ㄅㄧㄢ了ㄌㄜ。

炸粿 09000000

幾天後， 小白兔依依不捨地和奶奶及大家說再見， 和媽媽坐飛機回家。

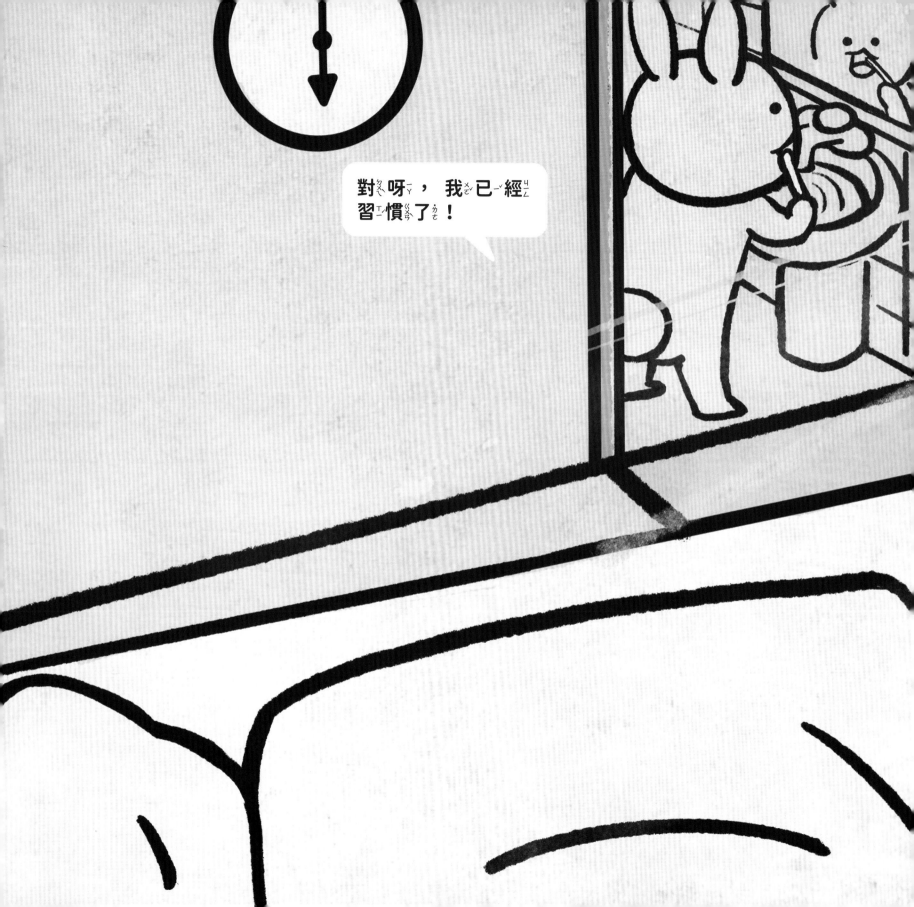

經過市場，小白兔認得紅色的螃蟹、橘色的明蝦、白色的竹筴魚、粉紅色的小管、黑色的牡蠣、綠色的海帶。

經過公園，小白兔想起在澎湖跟朋友們一起補漁網的日子。

晚餐時間爸爸煮了一桌海鮮大餐。

離 島 出 版

小白兔的澎湖漁村歷險記

作者 | 呂伊庭
插畫 | Poby Yang
封面設計 | Tsenglee
內頁排版 | 青春生技
責任編輯 | 歐佩佩
特別顧問 | 張允菡

出版 | 離島出版股份有限公司
總編輯 | 何欣潔
地址 | 108 台北市萬華區中華路一段 170 之 2 號 1 樓
網址 | offshoreislands.online
電話 | (02) 2371-0300

發行 | 遠足文化事業股份有限公司（讀書共和國出版集團）
地址 | 231 新北市新店區民權路 108-2 號 9 樓
電話 | (02) 2218-1417 傳真 | (02) 2218-1142
電子信箱 | service@bookrep.com.tw
郵政帳號 | 19504465（戶名：遠足文化事業股份有限公司）
客服電話 | 0800-221-029 團體訂購 | 02-2218-1717 分機 1124
網址 | www.bookrep.com.tw
法律顧問 | 華洋法律事務所／蘇文生律師
印製 | 通南彩色印刷股份有限公司
初版一刷 | 2024 年 2 月
定價 | 380 元
ISBN | 978-626-98329-0-3
書號 | 3KIP1001

感謝：澎湖海鮮皇族、彎腰農夫市集、飛地書店、植隱冊室、主婦聯盟環境
保護基金會，獻給每一位熱愛澎湖、熱愛海洋、熱愛漁村、熱愛離島的人。

國家圖書館出版品預行編目(CIP)資料

小白兔的澎湖漁村歷險記 / 呂伊庭作；Poby Yang插
畫 .- 初版 .- 臺北市：離島出版有限公司出版；新
北市：遠足文化事業發行, 2024.02
　面；　公分
國語注音
ISBN 978-626-98329-0-3(精裝)

863.599   113001191